KB042198

시대에 저항했던 반역의 여성

가네코 후미코 가집

시대에 저항했던 반역의 여성

가네코 후미코 가집

초판 1쇄 인쇄일 2024년 4월 10일
초판 1쇄 발행일 2024년 4월 20일

지은이 가네코 후미코
역   자 김창덕
펴낸이 양옥매
디자인 송다희 표지혜
교   정 조준경
마케팅 송용호

펴낸곳 도서출판 책과나무
출판등록 제2012-000376
주소 서울특별시 마포구 방울내로 79 이노빌딩 302호
대표전화 02.372.1537   **팩스** 02.372.1538
이메일 booknamu2007@naver.com
홈페이지 www.booknamu.com
ISBN 979-11-6752-465-2 (03830)

* 저작권법에 의해 보호를 받는 저작물이므로 저자와 출판사의 동의 없이
  내용의 일부를 인용하거나 발췌하는 것을 금합니다.
* 파손된 책은 구입처에서 교환해 드립니다.

시대에 저항했던 반역의 여성

가네코 후미코 가집

김창덕 · 옮김

후미코의 생가 앞에 서 있는 시비

만난 것이 정말 뜻밖이었네 육 년 만에

찬찬히 바라보는

어머니 얼굴

– 「감옥 창가에서 생각하네」에서

■ 차례
目次

나를 비웃는 노래

펜을 잡으면 새삼스레 가슴에 밀려드는
내가 걸어왔던
수많은 서러움들

가만히 문지르며 홀로 슬퍼하네 보람 없이
굳은살 박인 손가락의
가벼운 저림에

한참을 내 손가락 들여다보네
철창 밖에
겨울비 내리는데

취사장의 밥 짓는 소리 겨울 하늘에 울린다
천식 환자의
목구멍처럼

己を嘲るの歌

ペン執れば今更のごと胸に迫る
我が来し方の
かなしみのかずかず

そとなでて独り憐れむ稔りなき
自がペンダコの
軽きしびれを

自が指をみつめてありぬ小半時
鉄格子外に
冬の雨降る

炊場の汽笛は吹えぬ冬空に
喘息病の
咽喉の如くに

하늘 쳐다보며 '달님 몇 살'이란 노래
부르던 어릴 적 추억
그리워라

저 달이나 이 달 모두 같은데
같지 않은 것은
나의 운명뿐이네

달은 빛나고 비추어 주지만 인간은
끝없는 어두운 밤길을
헤매고 있네

오스기大杉의 자서전을 읽고 생각나는
어린 시절의
성적인 농담

빠른 말과 격한 감정의 내 성격은
아버지에게서 물려받은
서글픈 유산

空仰ぎ「お月さん幾つ」と歌ひたる
幼なき頃の憶ひ
出なつかし

あの月もまたこの月も等しきに
等しからぬは
我の身の上

月は照る月は照らせど人の子は
果なき闇路を
辿りつゝあり

大杉の自伝を読んで憶ひ出す
幼き頃の
性のざれ事

早口と情に激する我が性は
父より我への
かなしき遺産

조선의 고모 밑에서의 추억에
문득 솟구치는
명성을 향한 동경

여봐란듯이 으스대고 싶어 유명한
여자가 되고 싶다고 생각한
적도 있었지

우에노야마, 삼마이 다리에 기대어
석간신문을 판 적도
있었는데

바구니 들고 밤길 서성이던
젊은 여자는 지금
감옥에 있네

졸면서 졸면서도 계속 종을 흔들던
5년 전 내 마음
애처롭다

朝鮮の叔母の許での思い出に
ふとそそらるる
名へのあこがれ

是見よと云はんばかりに有名な
女になりたしなど
思ふ事もあり

上野山さんまへ橋に凭り縋り
夕刊売りし
時もありしが

籠かけて夜の路傍に佇みし
若き女は今
獄にあり

居睡りつ居睡りつ尚鈴振りし
五年前の我が
心かなし

창유리 떼어 비춰 보는 허리띠 모습
젊은 여죄수가
출정하는 아침

사람이 역시 같은 사람의 발이 되는
일본의 명물
인력거인가

벌지 못하면 밥을 못 먹고 벌면
무거운 짐만 늘어 가는
지금의 세상

부르주아의 정원에 진달래 피어 있네
프롤레타리아의
핏빛처럼

감시 심한 시멘트 복도에서 노동운동사의
동지를 우연히 만나던
감옥의 저녁

窓硝子外して写す帯のさま
若き女囚の
出廷の朝

人がまた等しき人の足になる
日本の名物
人力車かな

稼がねば飯が食はれず稼ぎなば
重荷いや増す
今の世の中

ブルヂュアの庭につゝじの咲いて居り
プロレタリアの
血の色をして

監視づきタタキ廊下で労運の
同志にふと遇ふ
獄の夕暮

흩어져 부서졌다 소리 없이 살며시 다가오는
잔물결이 서글픈
봄날의 바다여

매일 아침 발돋움해 보는 감옥 마당의
푸른 은행잎
점점 더 짙어지네

산초의 새싹 따다가 향내 맡으면 돌연히
가슴 뛰는 덧없는
슬픔이여

砕毛散りまた音もなく忍び寄る

さざ波かなし

春の日の海

朝な朝な爪立ちて見る獄庭の

銀杏の緑いや

増さり行く

山椒の若芽摘み取りかざ嗅げば

つと胸走る

淡きかなしみ

마당 그늘에 쪼그려 앉아 잡풀 뽑는

감옥의 한낮은

정말로 조용하네

손끝에 감기는 이름 없는 잡풀, 불쑥 뽑으면

희미하게 울먹이네

'나 살고 싶어요'라고

뽑히지 않으려 발 뻗대며 몸부림치는

그 모습이

얄밉고도 애처롭네

백중날 잠자리 휙 스쳐 간 감옥의 창문에서

자유를 생각하네

여름의 한낮이어라

목욕하는 여죄수의 부푼 젖가슴에

마음 괴로워

눈길 외면하네

うすぐもり庭の日影に小草ひく

獄の真昼は

いと静かなり

指に絡み名もなき小草つと抜けば

かすかに泣きぬ

「我生きたし」と

抜かれじと足踏ん張って身悶ゆる

其の姿こそ

憎くかなしく

盆とんぼすいと掠めし獄の窓に

自由を想ひぬ

夏の日ざかり

浴みする女囚の乳のふくらみに

瞳そらしぬ

なやましきさ覚えて

새하얀 폭포와 소나무 푸른 기소산의
모습 눈에 어른거리는
감옥의 환상이여

실성한 젊은 여죄수 뒤에서 몰래 노래를
불러 보았지만
목만 쉬었네

차라리 미쳐 버렸으면 하는 생각에
소리 내어 노랠
불러 보았네

초여름 비비추꽃 밝게 피면
짙은 녹색은
갑자기 시들어 가네

손에 집어 보니 새하얀 뼈였네
눈에 어른거리던
붉은 꽃

瀧白く松緑なる木曽の山の
姿ちらつく
獄のまぼろし

狂ひたる若き女囚の蔭に隠れ歌ふて
見しが咽喉は
嗄れ居り

我が心狂ひて欲しなどふと思ふ
声あげて歌う
たふて見たさに

初夏やぎぼしさやかに花咲けば
緑の色の
頓に褪せ行く

手に採りて見れば真白き骨なりき
眼にちらつきし
紅の花

머리 숙여 가랑이 밑으로 사람을 보았네
세상의 모습을
거꾸로 보고 싶어서

비틀비틀거리며 마당에 서니
가을 하늘 드높은
감옥의 늦은 오후

마당엔 철 지나 다시 핀 황매화 몇 그루
잠시 멈춰서
내 팔자를 생각해 본다

깊은 가을밤의 감옥은 쓸쓸하여라
떼 지어 우는 방울벌레 소리
밤늦도록 울리네

방울벌레야 그렇게 원망하지 마라 나 또한
똑같은 길을
가고 있단다

うつむきて股の下から人を見ぬ
世の有りさまの
倒が見たくて

踉めきつ又踉めきつ庭に立てば
秋空高し
獄の昼過ぎ

返り咲き庭の山吹三ツ五ツ
佇みて思ふ
己が運命を

秋たける獄にかなしりんりんと
夜すがらすだく
鈴虫の音に

鈴虫よさまでかこつな我もまた
等しき道を
辿りつゝあり

깜빡이며 꺼져 가는 전등을 보노라면
내 마음 애처롭게
떠도네

누굴 위해 괴로워하나 슬픈 듯
고개 숙이고 피어 있는
코스모스꽃이여

코스모스여 내게도 애정은 있단다
네 가슴속 슬픈 비밀을
내게 말해다오

화이트만의 시집을 펼치자 클로버
눌린 잎 나왔다
몇 장인지 세어 본다

電燈の瞬きつつも消え行くを
見れば我が胸
かなしくも慓ふ

誰がために思ひ悩むか愁ひげに
首うなだれて咲く
コスモスの花

語れかし我にも情ありコスモスよ
汝が胸の
かなしき秘密を

ホイットマンの詩集披けばクロバアの
押葉出でたり
葉数かぞえる

네 잎 클로버 손 감촉 부드러운 그 마음

누구의 마음일까

짐작해 보네

여간수가 불 피워 굽는 정어리 냄새

코를 찌르는

감옥의 늦은 오후

재판소에서 돌아오는 겨울밤 감옥 뜰에 내려서면

중천에 걸린

초승달 차가워라

겨울밤 불빛 어두운 감옥에서

로미오와 줄리엣의

연애 소설을 읽고 있네

적막만이 감도는 감옥의 겨울밤

늙은 여간수의

구둣발 소리 차가워라

四ツ葉クロバア手触り優し其の心
誰が心とぞ
思ひなすべき

女看守の火を吹いて焼くめざしの臭ひ
鼻にしむかな
獄の昼すぎ

裁判所帰り冬の夜の獄庭に下り立てば
中天に懸る
三日月寒し

冬の夜の電燈暗き牢獄に
ロメオとジュリエットの
恋物語読む

寂寞は獄を領しぬ冬の夜に
老ひし女看守の
靴音寒し

죄수복 걸친 벙어리 여죄수는 일만 하고 있네
소리 없는 세상에도
고민이 있을까

절도는 수치가 아니라고 하면서
은근히 떠오르는
깔보는 마음

새하얀 조선의 한복을 입고
추한 마음을
응시하는 쓸쓸함이여

바람아 불어라 비바람 몰아쳐라 천지를
깨끗이 씻어 버려라
노아의 홍수여

내 영혼이여 불멸하기를 바라는가
쫓기고 쫓겨
감옥에 있는 이 몸이

獄衣着て唖の女囚は働けり
音なき世にも
悩みはあるか

窃盗は恥には非ずなど云ひつ
ひそかに覚ゆる
蔑みの心

真白なる朝鮮服を身に着けて
醜き心を
みつむる淋しさ

風よ吹け嵐よ吠えよ天地を
洗ひ浄ひめよ
ノアの洪水

我が霊よ不滅なれなど希ふかな
追いこめられて
獄に居る身は

육체라는 끈을 벗어난 내 영혼이
원수에게 복수하는
모습을 상상해 보네

그렇지만 내 영혼이 사라지고 지저분한 인간 세상과
인연을 끊는
그것 역시 좋겠지

살기 위해 오로지 살기 위해 아우성치는
세상의 소음
남의 일처럼 듣고 있네

빛이야말로 그늘을 어둡게 하는 것이지
그늘이 없다면
빛 또한 없겠지

비추는 대로 그늘 짙게 하는 ××여,
난 결코 빛을
칭찬할 수 없다

肉と云ふ絆を脱し我が霊の
仇を報ゆる
姿など思ひて

さりながら我が霊滅び人の世の
醜と手を切る
其れもまた好し

生きんとて只生きんとて犇めき合ふ
娑婆の雑音
他処事に聞く

光こそ蔭をば暗く造るなれ
蔭のなければ
光又無し

照る程に蔭濃く造る××よ
我は光を
讃むる能はず

어디선가 대학생과 토론 벌이는
꿈을 꾸다 깨어난
감옥의 한밤중

하얀 옷깃과 짧은 소매에 흐트러진 머리
나와 많이 닮은
친구였지

하찮은 코감기에도 의사를 부르는
부르주아에게 약이란
쓸모없는 것

약을 파는 건 가난한 사람들에게
사기 치는 일이라고 내게 우겼지
목욕탕 가는 길에서

친구와 둘이서 일자리 찾아 헤매던
여름날 긴자의
돌길이여

何処やらの大学生と議論した

夢みて覚めぬ

獄の真夜中

白き衿、短き袂に乱れ髪

我によく似し

友なりしかな

些細なる鼻風邪ひきても医者を呼ぶ

ブルには薬は

用のなきもの

薬売るは貧乏人の搾取なりなど

我云ひ張りぬ

風呂に行く途

友と二人職を求めてさすらひし

夏の銀座の

石だゝみかな

지금은 죽어 없는 친구의 유필을 가만히
바라보며 생각하네
친구라는 말을

흥얼거리는 곡조에 그리운 혁명가여
그날의 꿈이
아련히 떠오르네

그날에는 붉은 핏줄기에 가슴 타올라
터져 버릴 것이라고는
생각지 않았었지

떠 있는 연처럼 검은 실을 등에 달고
친구는 애처롭게도
거리를 방황했지

감옥에서 병든 나를 보살펴 준 너의 마음
빨리 나아야지
나는 맹세했지

今は亡き友の遺筆をつくづくと
見つつ思ひぬ、
友てふ言葉

口吟む調べなつかし革命歌
彼の日の希ひ
淡く漂ふ

彼の日には赤き血潮に胸燃えて
破るるなどとは
思はざりしを

凧のごと黒き糸をば背につけて
友かなしくも
巷さすらふ

獄に病む我を護れる汝が思ひ
早く癒えんと
我は誓はん

친구의 옷은 해지고 내겐 하얀 옷깃 번호
예심정 오후의
서글픈 만남이여

부쩍부쩍 커 가는 그 친구와
헤어질 날 가까워지는
나의 슬픔이여

오늘이야말로 우리를 위해 동지들이
싸우는 날이지
비도 개어 좋구나

강연회에 모여 고함치는 젊은
무리를 생각하면
나도 가고 싶어지네

한 번은 버린 세상이지만 편지를 보면
가슴에 떠오르는
아련한 집착

友の服は破れ我に白き襟番号
かなしきまどいよ
予審廷の昼

ぐんぐんと生ひ育ちて行く彼の友と
訣るゝ日近し
我のかなしみ

今日はしも我等の為に同志等が
闘ふ日なり
雨晴れよかし

講演会集ふて叫ぶ若人の
群を思へば
我も行きたし

一度は捨てし世なれど文見れば
胸に覚ゆる
淡き執着

비구름 소용돌이치며 일어나 해를
뒤덮어 어둡네
소나기 쏟아지기 전에

작년 이맘때 나를 찾아온 두 명의 친구
감옥에서 죽어
지금은 없네

단두대에서 죽어 간 친구의 영혼인가
마당에 핀 철쭉의
붉은 눈빛

죽은 친구의 영혼 앞에 바치는 나의 맹세의
추억 깊은
9월 1일

계곡의 급류를 흐르는 물처럼
깨지고 부서지는
반역자인가

黒雲は渦巻き起ちて天つ日を
覆いて暗し
夕立の前

去年の今日我を見舞いし友二人
獄に逝きて
今はゐまさず

ギロチンに斃れし友の魂か
庭のつつじの
赤きまなざし

亡き友の霊に捧ぐる我が誓ひ
思い出深し
九月一日

谷あひの早瀬流るゝ水の如く
砕けて砕く
叛逆者かな

반역의 마음이란 단단한 엉겅퀴런가

더욱더 무성해져라

일본 땅 가득히

붉은색 각반 끈을 동여매고

난 뒤처지지 않으리

동지의 발걸음에

(대심원 판결 전날의 노래 1926.3.25.)

叛逆の心は堅くあざみぐさ

いや繁れかし

大和島根に

色赤き脚絆の紐を引きしめて

われおくれまじ

同志の歩みに

감옥 창가에서 생각하네

돈은 있지만 쓸데가 없다고 생각하면서
사 보았지
새로운 펜을

내가 갖고 싶던 종이는 없었지
시골 고향 친구를 떠난
아련한 쓸쓸함

콕콕 찌르듯 아픈 눈 찡그리며
펜 가는 대로
쫓아가는 것도 애처롭네

테 없는 값비싼 안경도 반드시
허영심만은
아닐 테지

獄窓に思ふ

金は有れど要り道は無し思ひつつ
買ふて見たりき
新らしきペン

我が欲しき紙は無かりき
田舎町友を離れし
淡きさびしさ

チクチクと痛む瞳をしかめつつ
ペンの歩みを
追ふもかなしき

縁無しの金蔓眼鏡もあながちに
伊達ばかりには
あらざりしかな

이 사람 저 사람 나이를 세어 보고
나의 유치함에
위안하네

별것 아닌 자랑도 기억한다
동료 중 가장
나이 어린 나까지

가게가 있다면 한 번에 나이를 대여섯 살
사들일 수 있을 텐데, 라고
이상한 생각해 보네

내 마음 뛸 듯 기뻤지 공판에서
사형 선고를
받던 그때

지금까지 맛본 인생의 고배가 이젠
끝인가 생각하니
절로 웃음 나네

誰彼の 年を数えて
自の子供らしさに
気休めを云う

ひそうなる誇りも覚ゆ
仲間では一ばん
年の若き己を

店あらば一度に年を五ツ六ツ
買入れんなど
思ふをかしき

我が心嬉しかりけり 公判で
死の宣告を
受けし其の時

嘗めて来し生の苦杯の終りかななどと
思はれて
そぞろ笑まれき

이렇게까지 서글픈 적은 없었지
××이라는
소릴 들었을 때처럼

이런저런 얘기 혼자 떠들다 흥분하던
무척 덜렁대던
간수장도 있었지

여러 가지 잘못된 상상만으로
오해받고 있는
나의 외로움이여

이렇다 할 아무 희망 없는 무기수
온종일 잠만 자면서
오늘도 보냈네

제멋대로 행동해 가면서
강해지기도 하는 걸까
무기수의 신분이란

斯程までかなしき事はなかりけり
××とやら
沙汰されし時

何や彼やと独り喋りて興がりし
いとそそかしき
看守長もありき

とりどりに的を外れし想像で
推し量られし
我のさびしさ

これと云ふ望みも無けれ無期囚の
ひねもす寝ねて
今日も送りつ

思ふまゝに振舞ふてあり行きがけに
強くもあるか
無期囚の身は

오늘 또다시 혼자 말없이 누워 있으면
박쥐 어지럽게 날아다니는
해 질 녘 하늘이여

홀로 남은 봄날 길기도 해라 감옥에서
반복해 읽는
슈티르너인가

봄날 밤하늘은 흐리고 가랑비 내리는
머나먼 논에서는
개구리 울고 있겠지

비슬비슬 잠자리를 빠져나와 철망에
뺨을 비비면
눈물 흘러내리네

나이 여섯에 일찌감치 인생의 슬픔을
알아 버린
나였던가

今日もまた独り黙しつ寝しあれば
蝙蝠飛び交ふ
夕暮れの空

独り居る春の日永し監獄に
繰り返し読む
スチルネルかな

春の夜の空は濁りて小雨降る
遠き水田に
蛙鳴くかも

ふらふらと床を脱け出し金網に
頬押しつくれば
涙こぼるる

六才にして早人生のかなしみを
知り覚えにし
我なりしかな

뜻밖에도 어머니가 고향에서 왔네
감옥에 있는
나를 찾아서

잘못했다면서 어머니는 울고 나 역시
영문도 모른 채
눈물로 목메네

만난 것이 정말 뜻밖이었네 육 년 만에
찬찬히 바라보는
어머니 얼굴

다른 사람의 생각 따위 상관없다는 큰소리가
더 마음에 걸리는
나의 연약함이여

나한테서 허영심이 없어지기를 바라는 것은
지금 있는 그대로의 나의
진실

意外にも母が来りて郷里より
監獄に在る
我を訪ねて

詫び入りつ母は泣きけり我もまた
訳も判らぬ
涙に咽びき

逢ひたるはたまさかなりき六年目に
つくづくと見し
母の顔かな

他の意など何かはせんと強がりの
尚気にかくる
我の弱さよ

ヴワニティよ我から去れと求むるは
只我あるがまゝの
真実

이 마을의 축제인가 나른한
북소리가
봄날 밤 내내 울리네

캄캄한 밤에 황매화 선명하게 피었네
감옥에 있는 내가
꿈을 꾸는 것처럼

언제까지나 영원히 꿈에서 깨어나지 않기를 바라며
잠자리에 드는
슬픈 내 마음

아침이 오면 이 주검에 의식이 되살아나
쇠창살이 눈에 비친다
밝고 어둡게

참새 지저귀는 나른한 이른 아침
문득 생각나는
동지들의 안부

此の町の祭礼ならんけだるくも
太鼓は響く
春の夜すがら

暗き夜に山吹咲きぬあざやかに
獄に我が見る
夢の如くに

一夜ならで我が夢永久に覚むるなと
希ふて寝ねる
心かなしも

朝来れば此の屍に意識戻り
鉄格子見ゆ
暗く明るく

雀鳴く懶き心の朝あけに
ふと思はるる
同志の事ども

헤어짐이 더욱더 힘들었지
동지를 사랑하는 마음이
가슴에 쌓여서

무슨 얘기든 계속하면서
함께 오래 있고 싶어
조바심했네

단 한 명의 여자인 나는
4년 전부터
감옥에 있네

좀처럼 웃지 않았던
B의 옛 모습
또다시 생각나네

나는 열아홉 그는 스물하나에
둘이 함께 살았지
조숙했었나

訣るるがいと辛かりきいや増しに
同志恋ふ思ひが
胸に募りて

何がなと話し続けの共に居る
時延ばさんと
我は焦りき

唯一人女性にてある此の我は
四年前から
監獄に在り

笑ふこといとまれなりき又しても
思ひ出さるる
Bの面影

我十九彼二十一ふたりとも
同棲せしぞ
早熟なりしかな

집을 나와 그를 마중하러 늦은

밤거리를 나선

적도 있었지

너무 자만했었나 동지들에게조차

오해받았던

니힐리스트 B

적이든 동지든 웃을 테면 웃어라 × × × ×

나 기꺼이 사랑을 위해

몸 바치리

家を出て彼を迎えに夜更けたる
街を行きたる
事もありけり

余りにも高ぶりしかな同志にすら
誤られたる
ニヒリスト B

敵も味方も笑はば笑へ ××××
我悦びて
愛に殉ぜん

보유[1]

오늘 밤 또다시 철창에 보이는 보름달

왜인지는 모르지만

붉은색 띠고 있네

그도 했었을까 나도 경험 있는데 그 방에서

그의 친구와 했던

어른 흉내를

인력거 끌채 잡은 노차부의

거친 숨소리 괴로운

여름날의 언덕

인력거 포장 안에서는 젊은이가

거만하게

신문을 읽고 있구나

1   '추가, 추가분'이라는 뜻. 가네코 후미코 사후, 동지였던 구리
     하라 카즈오가 그녀의 시를 모으는 과정에서 관헌에 의해 지워
     지고 없어진 부분을 추가로 넣은 것이다.

補遺

今宵また鉄窓に見る満月の
何故かは知らぬ
色赤ふして

彼もなせしか我にもありき彼の部屋に
彼の友とせし
大人びし真似

人力車梶棒握る老車夫の
喘ぎも嶮し
夏の坂道

人力車 幌の中には若者が
ふんぞり返って
新聞を読む

자본주의란 달콤하게 피 빠는 박쥐에게
목 물려 있는
노동자인가

노역 없는 날 여죄수가 묶어 올린
쪽머리 모양
오늘은 흐트러지지 않네

깊어 가는 가을밤의 감옥은 쓸쓸하여라 밤마다
방울벌레 소리
희미하게 들리네

내게도 애정은 있단다 네 가슴의
슬픈 비밀을
내게 말해다오

클로버 잎 편지에 넣어 친구에게 보낸다
장난 반
진지함 반으로

資本主義甘く血を吸ふかうもりに
首つかまれし
労働者かな

免役や若き女囚が結ひ上げし
銀杏返しの
今日は乱れず

秋たけし獄舎はかなし夜ごと夜ごと
鈴虫の音の
細ぼそり行く

語れかし我にも情けあるものを
汝が胸の
かなしきひめごと

クロバアをレターに封じ友に送る
たはぶれのごと
真剣のごと

장난인지 진심인지 마음에 물어보면
대답 대신
히죽 미소 짓는다

말끄러미 '사람'을 쳐다보다 미워하는 마음에
가슴 태우며
흐느껴 우는 나

하룻밤이 아닌 언제까지나 깨어나지 않기를
바라며 잠드는
요즈음의 나

조심스럽게 밟고 올라가는 언덕길에
내 발밑을 비추는
이지의 달빛이여

근심 많은 듯한 죄수복 걸친 벙어리 여죄수
묵묵히
일만 하고 있구나

たはむれかはた真剣か心に問へど
心答へず
にっとほほ笑む

まじまじと「人」をみつめて憎しみに
胸燃やしつつ
むせび泣く我

ひと夜ならでいついつまでも覚むるなと
希ふて寝ぬる
此頃の我

踏みすくみ我は坂道を登り行く
足下明し
理智の月影

黙々と悩み多げに獄衣きて
唖の女囚は
働きてあり

쪽빛 냄새 짙은 겹옷에 감싸인
무기력한 이 몸을
홀로 슬퍼하네

눈이 내리면 수채도 쓰레기도 덮이고
하얀 가면은
조롱하듯 비웃는다

영혼과 육체의 두 가지 마음의 다툼을
떼어 놓지 못하는
내 신세 슬프구나

펜을 사야지 아니 그건 아니지 하면서
또다시 둘 사이서
고민하는 괴로움

피리, 나팔, 두부집의 종소리 삐걱대는 레일 소리
감옥에서 생각하는
사바의 잡음이여라

藍の香の高き袷に包まれて
腑甲斐なき身を
独り哀れむ

雪降ればどぶも芥も蔽はれて
白き仮面は
嘲りげに笑ふ

霊と肉の二つの心のいさかひを
持つこと悲し
今の我が身は

ペン買はんいやそれは済まんなどと
又しても 二つの
心つかふ苦しさ

笛喇叭豆腐屋の鈴にレールの軋り
獄に想ふ
娑婆の雑音

내용이야 어쨌든 문패는
'형무소'라고 쓰는
지금의 감옥

싸구려 여인숙의 구석방에서
국가를 논하던 S는
바로 그였지

A라고 하면 B라고 하는 요즈음이여
가슴으로 알 수 없고
이해할 수 없는 근심

그 친구가 약 팔겠다고 한 것을
반대한 것은
바로 나였던가

동지라는 말을 팽개치고 권력 품에
안긴 친구는
세상을 떠났지

内容はとにも角にも門札は
「刑務所」と書く
今の監獄

彼なりき彼の木賃宿の片隅に
国家を論ぜし
Sにてありき

Aと言えば　Bととらるる此の頃よ
胸もて知りぬ
理解されぬ悩み

彼の友が薬売らんと言ひ出でしを
反対せしは
我なりしかな

同志てふ言葉を他処に権力の腕に
抱かれ友は
逝きけり

연분홍빛 흡묵지에 스며 있는
친구의 거처를
더듬으며 책을 읽는다

여름밤 함께 모여 고함치는 젊은
무리를 생각하면
나도 가고 싶어지네

'후미짱!' 하고 철창에서 동지가 부르면
나도 대답했지
감옥 규칙을 무시하고

이 감옥에는 동지가 18명이나 있다는
소식을 읽던
어느 날 저녁

꽃이 지네 꽃은 떨어지지만 단두대에서
지더라도 꽃을 피워라
혁명의 동지여

とき色の吸取紙に滲みたる

友の住所を

たどりては読む

夏の夜を集ふて叫ぶ若人の

群を思へば

我も行きたし

「ふみちゃん」と友は呼ばはり鉄格子窓に

我も答へぬ

獄則を無視して

この獄に友十八名も居ると言ふ

便りを読みし

或日の夕暮

花は散る花は散れどもギロチンに

散りても花咲け

革命の友

편지를 보니 또다시 그 사람은 이사해 버렸네
바람이 부는 대로
떠도는 자식이여

다이너마이트 던진다는 진지함으로 그는
마루 위에
식어 버린 홍차를 쏟아 버렸지

마시다 남긴 찻물 뿌리면서 취하는 자세
애처롭기만 하네
음모로 망가진 남녀여

짜디짠 말린 정어리 굽고 있는
여간수의 생활도 그다지
나을 게 없구나

손발마저 움직일 수 없더라도 죽겠다는
의지만 있으면 죽음은
자유로운 것

文見れば又もや人は越してありぬ

風の吹くまま

さすらひの子よ

ダイナマイト投ぐる真剣さもち床の上に

彼はぶちまけぬ

冷えし紅茶を

飲み余せし湯を投げつるにや

身構ひしあはれ

陰謀に破れし男女

塩からきめざしあぶるよ

女看守のくらしもさして

楽にはあらまじ

手足まで不自由なりとも

死ぬといふ、只意志あらば

死は自由なり

그렇지만 손발을 묶어서
죽는다면
그건 '우리의 과실이 아니다'라고 하겠지

살인을 저지르고도 여전히 책임에서 벗어나려
바둥대는 모습
끔찍하구나

죄수의 밥은 땅바닥에 놓게 하면서
자신은 마스크 쓰고 있는
감옥의 의사 선생

가죽 수갑과 어두운 방의 밥벌레
단 한마디
거짓말도 하지 않으리

있는 사실을 단지 있는 그대로 쓴 것인데
투덜투덜 지껄이는
감옥의 관리

さりながら手足からげて
尚死なば
そは「俺達の過失ではない」

殺しつつなほ責任をのがれんと
もがく姿ぞ
惨めなるかな

囚の飯は地べたに置かせつつ
御自身マスクをかける
獄の医者さん

皮手錠はた暗室に飯の虫
只の一つも
嘘は書かねど

在ることを只在るがままに書きぬるを
グズグズぬかす
獄の役人

말하지 않는 게 그렇게 맘에 들지 않는다면
어째서 사실을
없애지 않는가

광인을 밧줄로 묶어
병실에 처박아 두는 것을
보호라 떠든다

지구를 단단히 껴안고
나 소리 높여 울고 있네
천제 앞에서

데굴데굴 차고 차이면서 지구를
양자강 물속에
처박고 싶어라

물안개 걷히고 지구가 가라앉는다면
나 웃음 지으리
물보라 그늘에서

言はぬのがそんなにお気に召さぬなら
なぜに事実を
消し去らざるや

狂人を縄でからげて
病室にぶち込むことを
保護と言ふなり

地球をばしかと抱きしめ
我泣かん高きにいます
天帝の前

ころころと蹴りつ蹴られつ地球をば
揚子の水に
沈めたく思ふ

水煙揚げて地球の沈みなば
我ほゝえまん
しぶきの蔭に

시 짓는 것이 언제부터였던가
누구한테도 배운 적이
별로 없었는데

내가 좋아하는 시인을 만약 찾으라면
젊어서 요절한
이시가와 다쿠보쿠

솟구치는 마음 그대로 노래하는 것이야말로
참된 시라
해야 하리

유파도 모르고 형식도 없지만
나의 시는 억눌린
가슴의 불꽃이어라

타오르는 마음을 사랑으로 전하는
노래의 가치를
찾아라

歌詠みに何時なりにけん
誰からも学びし事は
別になけれど

我が好きな歌人を若し探しなば
夭くて逝きし
石川啄木

迸る心のまゝに歌ふこそ
眞の歌と
呼ぶべかりけり

派は知らず流儀は無けれ
我が歌は壓しつ
けられし胸の焔よ

燃え出づる心をこそは愛で給へ
歌的価値を
探し給ふな

불어오는 바람 지는 벚꽃 모두

깨끗하게 불어라

깨끗이 떨어져라

(대심원판결 전날의 노래 1926.3.25.)

散らす風散る桜花ともどもに

いさぎよく咲け

いさぎよく散れ

(大審院判決前日の歌 1926.3.25.)

가네코 후미코의 눈빛

김창덕

　가네코 후미코(1903-1926)가 평생 동지이자 남편인 박열과 함께 활동하던 1920년대는 사회진화론에 의한 약육강식의 논리가 절정을 이루던 시대로 특징지을 수 있다. 약소국의 지배를 통해 강대국은 자신들의 번영을 유지·확대시키고자 했으며, 결국 이들 강대국 간의 이해관계에 의해 제국주의 전쟁으로 확대되었다. 전쟁의 승리를 위해 대량 살상무기가 개발되고 민중들을 전쟁에 동원하기 위한 국민 총동원 체제가 강화되었다.

　이를 위해 모든 인적·물적 자원의 착취가 본격화되었으며, 나아가 모든 국민의 우민화를 위한 국민 교육이 확대 보급되었다. 이런 사회체제야말로 극소수 지배층이 자신들의 영구 지배와 향락을 목적으로 민중을

쉽게 착취·유린하기 위한 장치에 불과한 것이었다. 이런 폭압적인 지배 형태에 대한 민중의 저항은 충분히 예상할 수 있는 것으로, 후미코의 가집은 이런 치열했던 민중의 삶과 저항을 대신하고 있다.

단두대에서 죽어 간 친구의 영혼인가
ギロチンに斃れし人の魂か
마당에 핀 철쭉의
庭に躑躅の
붉은 눈빛
赤きまなざし

이 노래에서 '철쭉의 붉은 눈빛'이란 23년의 짧았던 자신의 생을 불꽃처럼 태운 후미코의 눈빛이라 할 수 있는 것으로, 이 가집歌集은 모든 생애를 바쳐 이루고자 했던 그녀의 간절한 붉은 눈빛이라 할 수 있을 것이다. 그럼 후미코의 눈빛은 무엇이었나.

무엇보다 천황제를 정점으로 하는 지배체제에 대한 반항의 눈빛이라 할 수 있다. 후미코에게 천황제란 '천황과 황태자는 소수 특권계급이 그 사복私腹을 채울 재원으로서 일반 민중을 기만하기 위하여 조종하고 있는

인형으로 괴뢰에 불과하다는 것을 깨우쳐 주려 했다'
는 조서에서 볼 수 있듯이 민중의 고혈을 짜내기 위한
수단에 지나지 않았던 것이다.

"충군애국 사상은 실은 그들이 사리私利를 취하기 위한
방편으로서 아름다운 형용사로 포장한 것으로 자신들의
이익을 위해 타인의 생명을 희생시키는 하나의 잔인한
욕망에 지나지 않는 것입니다. 따라서 그것을 무비판적
으로 승인하는 것은 곧바로 소수 특권계급의 노예인 것
을 승인하는 것이라는 것을 경고하고, 종래 일본인에게
존재했던 신조로서의 유교에 기초를 두고 있는 타애적
인 도덕, 실제로 민중의 마음을 풍미하고 자칫하면 그
행동조차도 통제하려는 권력에 대한 예속 도덕 등의 관
념이 실은 완전한 가정 위에 드러난 하나의 착각이며
공허한 환영에 지나지 않는다는 것을 인간들에게 알리
고, 그에 따라 인간은 완전히 자기를 위해 행동해야 하
는 것으로 우주의 창조자는 바로 자기 자신이라는 사실
과 따라서 모든 '사물'은 자신을 위해서 존재하고 모든
사건은 자신을 위해 이루어져야 한다는 것을 민중에게
자각시키기 위해 저는 도련님을 노렸던 것입니다."

　　　　　－「제12회 신문조서(이치가야 형무소 1924.5.14.)」에서

이처럼 천황제를 정점으로 하는 강압적인 시대 상황이야말로 우선적으로 척결하고자 한 대상이었으며, 그녀의 가집은 이런 천황제를 기반으로 하는 지배체제에 대한 반역의 눈빛이라 할 수 있다.

계곡의 급류를 흐르는 물처럼
谷あひの早瀬流るゝ水の如く

깨지고 부서지는
砕けて砕く

반역자인가
叛逆者かな

이 노래에서처럼 후미코는 자신을 '반역자'라고 당당하게 말하며 일본의 천황제를 강렬한 반역의 눈빛으로 응시하고 있다.

후미코가 천황제로 상징되는 제국주의 일본에 반역의 눈빛을 갖게 된 근본적인 출발점은 어린 시절 약 7년에 걸친 조선에서의 체험이라 할 수 있다. 충청북도 청원군 부용면에서 전형적인 식민 지배자였던 이와시타岩下 집안에서의 경험을 통해 조선인들의 고혈을 짜내던 그들의 '허영'과 '우위優位' 의식에 젖은 가식적이고 허위적인 모습을 확인하게 된다. 또 이른바 '후보자 실격'으로 가혹하게 학대받던 자신을 유일하게 애정으로 대해 준 '조선인 아낙네'를 통해 처음으로 '인간애'에 눈을 뜨게 되었던 것이다.

이처럼 조선에서의 체험은 일제에 대한 반역의 눈빛과 이와는 반대로 자신과 같은 처지에 놓인 식민지 조선 민중에 대한 애정의 눈빛을 느끼게 해 주었다. 하지만 이런 후미코의 눈빛은 자기 자신 역시 가해자 일본인의 한 사람이라는 자괴감의 눈빛이기도 하다.

새하얀 조선의 한복을 입고
真白なる朝鮮服を身に着けて

추한 마음을
醜き心を

응시하는 쓸쓸함이여
みつむる淋しさ

여기에 나타나는 '새하얀 조선의 한복'과 자신의 '추한 마음'이 대비되면서 조선 민중에 대한 깊은 애정과 순수함의 눈빛과 함께 자신을 포함해 탐욕적인 일본인들의 추한 마음을 응시하는 눈빛이 드러나기도 한다.

"어떤 조선인의 사상에서 일본에 대한 반역적인 기분은 없앨 수는 없을 겁니다. 저는 1919년 조선에서 독립 소요의 광경을 목격하고, 저조차 권력에 대한 반역의 기분이 생기고, 조선 분들이 하시는 독립운동을 생각할 때 타인의 일이라고 생각할 수 없을 정도의 감격이 가슴에 치솟았습니다."

―「제4회 신문조서(도쿄 지방재판소 1924.1.23.)」에서

이처럼 조선 독립에 대한 강한 열망과 함께 이들과의 일체화를 통해 극대화하고 있었다. 하지만 후미코의 열망은 혁명가 박열의 아내로서 조선의 민중과 투쟁에 적극 참여하지 못하는 분노와 슬픔의 눈빛이기도 한 것이다.

이와 함께 후미코의 눈빛은 천황제로 유지되는 지배구조 속에서 끝없이 학대와 기만을 당하는 사회적 약자에 대한 관심과 애정의 눈빛이기도 했다. 후미코는 자신이 무적자라는 '사회적 차별'을 통해 가족제도의 허구를 간파했고 이를 통해 기존의 법률과 제도, 도덕에 대한 깊은 의문과 함께 아버지에 의한 어머니와의 관계를 통해 여성을 '소유물'로 취급하는 남성 중심의

사회에 깊은 불신을 갖게 되었다.

인력거 끌채 잡은 노차부의
人力車梶棒握る老車夫の

거친 숨소리 괴로운
喘ぎも嶮し

여름날의 언덕
夏の坂道

이런 후미코의 눈빛은 인간의 절대평등을 기반으로 하는 것이었다.

"나는 전부터 인간의 평등이라는 것을 깊이 생각했습니다. 인간은 인간으로서 평등해야 합니다. 거기에는 바보도 없고 똑똑한 자도 없으며, 강자도 없고 약자도 없습니다. 지상에서 자연적 존재인 인간으로서의 가치로 말하자면 모든 인간은 완전히 평등하며 따라서 모든 인간은 인간이라는 단 하나의 자격으로 인간으로서 생활할 권리를 완전히 그리고 평등하게 향수享受해야 할 것이라고 믿고 있습니다."

－「제12회 신문조서(이치가야 형무소 1924.5.14.)」에서

이러한 후미코에게 같은 처지의 식민지 조선의 청년 박열은 유일하게 신뢰할 수 있는 인간이었으며 당연히 후미코의 눈빛은 박열과의 운명적인 사랑이 전제된 것이었다.

"박과 저는 서로를 동정해서 자신을 길을 왜곡하면서 함께 된 것이 아닙니다. 주의主義와 성性에 있어서도 동지이자 협력자로서 하나가 되었던 것입니다."

-「제4회 신문조서(도쿄 지방재판소 1924.1.23.)」에서

후미코의 이러한 발언은 박열에 대한 무한한 애정의 눈빛이라 할 수 있다.

집을 나와 그를 마중하러 늦은
家を出て彼を迎えに夜更けたる

밤거리를 나선
街を行きたる

적도 있었지
事もありけり

1923년 9월 1일 관동 대지진이 일어나고 9월 3일에 박열과 후미코는 '보호검속' 되었으며, 이어서 10월 20일에는 불령사 동인 16명 전원이 치안경찰법 위반 혐의로 기소되었다. 이날은 공교롭게도 오사카아사히신문을 통해 조선인 6,000명의 희생사건이 보도된 날이기도 하다. 대지진 이후 벌어진 무고한 조선인에 대한 무참한 학살사건을 한동안 군부가 숨겼다가 드디어 그 사실이 조금씩 드러나던 시기로, 국제사회의 비난에 위기의식을 느낀 일본 정부가 시선을 돌리기 위해 억지로 만들어 낸 것이 박열·가네코 후미코 부부에 의한 대역사건이다.

하지만 1924년 4월의 심문에서 박열과 후미코는 대역사건에 대해 자기 부부에 한정된 범행이라 주장한다. 불령사는 이번 사건과는 아무 관계가 없다고 주장함으로써 모든 혐의를 자신들에게 한정시키고 나머지 동지들을 구하고자 한 행동의 결과였다. 이들의 바람대로 박열·후미코 부부는 '폭발물취체벌칙' 위반 혐의로 기소되지만, 다른 16명의 불령사 동인들은 불기소로 끝난다.

이처럼 동지들을 향한 무한한 후미코의 신뢰와 애정의 눈빛은 그녀의 노래에서도 읽을 수 있다.

친구 옷은 해지고 내겐 하얀 옷깃 번호
友の服は破れ我に白き襟番号

예심정의 오후의
かなしきまどいよ

서글픈 만남이여
予審廷の昼

후미코가 신뢰했던 수많은 동지 가운데 가장 의지했던 사람은 이 가집에도 등장하는 구리하라 카즈오栗原一男였다. 후미코의 평생 동지이자 후원자로, 그녀의 옥중 생활을 뒷바라지하고 사후엔 그녀의 가집歌集과 자서전을 정리해 세상에 소개한 것도 구리하라 카즈오였다.

구리하라와 박열 부부의 첫 만남은 1923년 6월 말이었다. 후세 타츠지布施辰治의 강연회에서 박열과의 만남을 계기로 불령사에 가입하고 그해 7월 박열의 권유로 불령사不逞社에 참여하고 주거를 박열과 가네코 후미코의 거처로 옮기면서 관동 대지진이 일어난 9월까지 약 2개월간 박열 부부의 집에 기거하면서 깊은 신뢰 관계를 이루게 되었다. 10월 16일 치안경찰법위반으로 요도바시 경찰서에 구속되어 2년 가까운 예심 후

면소가 된다.

출옥 후에는 박열과 후미코에 대한 구원 활동에 최선을 다한다. 그리고 후미코의 가집歌集과 자서전 원고를 보관한다. 이어 1925년에는 「자아인사自我人社」를 결성하고 기관지 『자아인自我人』을 발행하기도 한다.

후미코의 사후 1926년 7월 31일 「자아인사」에서 가네코 후미코의 고별식을 거행하며 8월에는 가네코의 유골 보관과 관련해 경시청에 구속되어 그대로 대구로 보내진다. 소위 「진우연맹」이라는 날조된 사건으로 대구에서 3년의 옥살이를 하게 된다. 1927년 1월 「자아인사」 발행의 가네코 후미코의 가집 『옥창에서 생각한다獄窓に思ふ』가 인쇄 중 압수, 발매 금지되기도 한다. 이어 1931년 7월에는 가네코의 자서전인 『무엇이 나를 이렇게 만들었는가何が私をかうさせたか』의 편집을 도맡아 하기도 했다. 이처럼 지금 후미코의 가집을 읽을 수 있게 된 데에는 전적으로 구리하라 카즈오의 헌신적 노력 없이는 불가능했을 것이다.

1903년생인 후미코가 감옥에 갇힌 것은 그녀의 나이 20세 때인 1923년 9월이었고, 감옥에서 의문의 죽음을 거둔 것이 1926년 7월 23일로 그녀의 나이 23세였다. 꽃다운 20대를 감옥에서 살다 감옥에서 죽은 것이었다. 태어나자마자 호적도 없이 무적자로 떠돌며 부모에게서 버림받고 조선의 고모 집에서 학대에 시달렸던 후미코였다.

하지만 그녀 역시 '명성을 동경'했으며 자신의 꿈을 이루기 위해 '졸면서 졸면서도 계속 종을 흔들'며 신문을 팔면서 세소쿠 영어학교正則英語学校와 겐슈研修학관에 다녔다. 1917년 고등소학교 졸업이 그녀의 최종 학력이지만 어려운 형편에도 심상소학교의 성적은 최상위를 차지했을 정도로 영리했으며, 자아가 유독 강한 여성이었다. 비록 감옥에 갇힌 신분이지만 권력에 당당하게 맞서고자 했으며 20세 초반 여성으로서의 섬세함을 잃지 않았다.

창유리 떼어 비춰 보는 허리띠 모습
窓硝子外して写す帯のさま

젊은 여죄수가
若き女囚の

출정하는 아침
出廷の朝

이 노래에서처럼 후미코는 여죄수 신분이지만 당당

하고 위축되지 않는 여성이고자 했다. 자신을 억압하는 계급사회, 도덕, 교육, 질서에 당당히 맞서고자 했다. 이것이야말로 박열과 함께한 자신의 사상과 생동에 대한 자부심이자 긍지이기도 한 것이었다.

이처럼 후미코의 가집 전체를 흐르고 있는 그녀의 눈빛은 천황제를 기반으로 하는 일본의 지배계급사회 전체에 대한 반역의 눈빛이라 할 수 있다. 자신의 목숨을 걸고 천황제에 투쟁했던 그녀의 가집이야말로 '반천황제'의 가집이라 할 수 있다. 하지만 계급사회의 사회적 약자로서 인간과 동지를 사랑하고, 특히 박열을 위해 모든 것을 바치고자 했던 그녀의 깊은 동정과 애정의 눈빛을 이 가집을 통해 찾아볼 수 있다.

가네코 후미코金子文子 연보

1903년　1월 25일　요코하마에서 출생. 비참한 생활환경에
　　　　　　　　　서 성장. 아버지는 당시 요코하마 슈諏
　　　　　　　　　경찰서 순사였던 사에키 분이지佐伯文一,
　　　　　　　　　어머니는 가네코 기쿠노金子キクノ.

1904년　2월　　　러·일 전쟁 발발

1905년　9월　　　러·일 전쟁 강화조약

1908년　　　　　이모 다카노タカノ와 아버지가 동거를
−1909년　　　　시작. 후미코는 '무적'으로 인해 초등학
　　　　　　　　교에 입학하지 못하지만, 어머니의 부
　　　　　　　　탁으로 지역의 초등학교에 무적인 채로
　　　　　　　　통학.

1909년　10월 26일　안중근 하얼빈에서 이토 히로부미伊藤博
　　　　　　　　　　文 척살.

1910년　5월 25일　대역 사건의 검거 시작.

1910년　8월 29일　한일 병탄.

1911년　봄　　　　어머니의 친정인 마키오카초 소마구치
　　　　　　　　　牧丘町杣口의 가네코 도미타로의 집에 들
　　　　　　　　　어감.

　　　　　　　　　어머니 기쿠노는 가네코 후미코를 친정
　　　　　　　　　에 남겨 두고 엔잔역 근처에서 잡화상
　　　　　　　　　을 하던 후루야 쇼헤이古屋庄平와 결혼.

93

1912년	10월 14	외조부 가네코 도미타로의 5녀로 입적한 후, 당시 아버지의 누이가 살던 충청북도 청원군 부용면 부강리의 이와시타岩下가의 양녀로 입적됨.
	12월 11	부강공립심상소학교 4학년에 입학.
1915년	3월 25일	이 시기부터 양녀가 아닌 하녀 취급을 받기 시작.
1917년		부강공립고등소학교 졸업. 이와시타 집안의 학대가 심해져 헛간에서 지내게 되며 후미코는 자살을 시도.
1919년	3월 1일	3·1운동이 일어나며 가네코는 이 운동에서 크게 감동을 받게 됨.
	4월 12일	조선에서 7년에 걸친 지옥 같은 생활을 뒤로하고 부강을 떠나 이틀 후 야마나시의 엔잔塩山역에 도착, 야마나시의 외가에서 생활. 이후 야마나시와 하마마츠에 있는 아버지 집을 왕래.
1920년	4월	아버지와의 잦은 충돌로 도쿄로 나와 미와三ノ輪에 있는 외할아버지 구보다 가메타로窪田亀太郎의 집에서 한 달 정도 생활.
1920년	봄	도쿄 우에노의 신문가게에서 기숙하면서 여자의전女子醫專 입학을 목표로 오전에는 세소쿠正則 영어학교, 저녁에는 겐슈研修학관에 다님.

	여름	도쿄 혼고구本鄕區 유시마湯島 신하라마치新原町에 사는 고마츠小松의 집에 살면서 밤에 길거리에서 가루비누 장사를 시작.
		아사쿠사淺草의 사탕가게 주인 스즈키 구니사토鈴木邦達의 가정부로 들어감.
1921년	1월	도쿄 혼고구 오이와케마치追分町에서 인쇄소를 경영하던 사회주의자 호리 기요토시堀淸俊의 집에 기숙하며 일을 하지만 1개월 만에 나오게 됨.
	2월	호리 기요토시의 생활 방식에 염증을 느끼고 구보다의 집으로 돌아옴.
	여름	원종린과 교제. 원종린의 소개로 정우영, 김약수, 아나키스트인 정태성과 교류를 하게 됨.
	11월	하라사와 다케노스케原澤武之助의 도움으로 고지마치구麴町區 유라쿠초有樂町의 통칭 이와사키 오뎅집岩崎おでん屋에서 일하면서 머물게 됨.
1922년	1~2월	세이소쿠正則 영어학교에서 유일한 여자 친구이자 동지인 니야마 하츠요新山初代를 알게 됨. 니야마를 통해 슈티르너와 니체에 대해 알게 되며, 니힐리즘과 아나키즘에 관심을 갖게 됨.
	2월경	박열의 시를 알게 되면서 큰 감동을 받고 이에 박열과의 만남을 고대함.

3월 5일 혹은 6일	박열이 이와사키 오뎅집을 찾아옴.	
5월 초	박열과 함께 도쿄 에바라군 세타가야초 데이지리에서 신발가게를 운영하는 아이카와 신사쿠의 집 2층에 셋방을 얻어 동거함.	
5월 1일	도쿄의 메이데이에 흑도회 참가.	
7월 10일	박열과 함께 흑도회 기관지『흑도黑濤』 창간. 발행소는 두 사람의 하숙집.	
11월경	도쿄에서 흑우회黑友會에 참여하고 기관 지로『후테이 센징太い鮮人』창간.	
12월	『후테이 센징』제2호 간행.	

1923년

1월 12일	의열단원 김상옥, 서울 종로경찰서에 폭탄 투척.	
3월	아나키즘에 관심이 있는 조선과 일본의 동지가 모여 불령사不逞社를 조직. 두 사람의 셋집이 사무소를 겸하게 됨.	
5월 27일	불령사 제1회 정례회. 이후 정기적으로 열림.	
8월 10일	흑우회의 내부 대립이 불거짐. 임시회 의가 열려 해산을 결정. 김중한이 박열 에게 의뢰받은 폭탄 입수를 폭로.	
9월 1일	간토 대지진 발생.	

9월 3일   박열과 함께 보호를 명목으로 검속. 이후 차례로 불령사 동지들도 검속.

9월 16일   오스기 사카에大杉栄와 그의 처인 이토 노에伊藤野枝, 그리고 조카 다치바나 무네카츠橘宗一가 헌병사령부로 끌려가 아마가스 대위甘粕大尉로 대표되는 군부에 학살당함.

10월 20일   도쿄지방재판소 검사국, 박열과 후미코 등 불령사 동인 16명을 치안경찰법 위반 혐의로 기소. 기사가 해금되면서 『오사카 아사히大阪朝日』는 '진재의 혼란을 틈타 제국의 도시에서 대관 암살을 기도한 불령선인의 비밀결사 대검거'라고 보도. 조선인 학살 사건 보도 금지.

11월 27일   니야마 하츠요의 병이 위독 상태로 출옥하게 되었으나 곧바로 시바구芝区의 협조회 병원에서 사망.

12월 27일   아나키스트 난바 다이스케難波大助가 도라노몬虎ノ門에서 당시의 황태자인 히로히토를 저격했으나 실패(도라노몬 사건).

1924년   2월 4일   박열은 제6회 예심에서 불령사의 동지들에게 피해가 미치지 않게 하기 위해 폭탄 입수는 불령사와는 전혀 관계가 없다고 강조함.

2월 15일   박열과 가네코 후미코, 김중한이 폭발
         물취체벌칙 위반으로 기소. 다른 불령
         사 멤버는 치안경찰법 위반에 관해서는
         면소, 모두 석방됨.

5월 14일   12회 심문조서에서 가네코는 '궁극의 평
         등주의'를 주장하고, 천황제 국가를 부
         정한다. 폭탄이 손에 들어오면 그해 가
         을(1923년) 예정인 황태자 결혼식, 제국
         의회와 미쓰비시, 경시청 등 공격 대상
         을 공술. 초기에는 다분히 막연했지만
         심문을 거치면서 점차 구체화되어 가는
         것을 알 수 있음.

11월 13일 대심원 난바 다이스케에게 사형 판결.

1925년 7월 17일   검사총장, 후미코와 박열에 대해 형법
         73조(대역죄)와 폭발물취체벌칙 위반으
         로 기소.

1926년 2월   재결성된 흑우회를 중심으로 방청 등의
         지원체계가 만들어짐.

3월 23일   후세 변호사의 노력으로 처형 후의 유
         체 인수 편의를 위해 후미코와 박열의
         결혼신청서를 옥중에서 제출.

3월 25일   대심원 박열과 함께 사형 판결.

4월 5일   두 사람에게 '은사'로 무기징역으로 감형.

	7월 23일	우츠노미야宇都宮 형무소 도치기栃木지소 독방에서 가네코 후미코 사망. 형무소는 자살로 발표.
	7월 31일	후세 다쓰지 변호사를 중심으로 형무소 공동묘지에서 유해 발굴.
	11월 5일	경상북도 문경 팔영리에 영면.
1931년	7월 10일	도쿄의 슌슈샤春秋社에서 자서전『무엇이 나를 이렇게 만들었나』간행.
1973년	7월 23일	문경 팔령리의 묘소에서 동지들에 의해 묘비 제막식 거행.
1976년	3월 20일	후미코의 생가인 야마나시 마키오카초牧丘町 소마구치杣口 1236번지에 가비歌碑 건립.
2018년		대한민국 건국훈장 애국장 추서.